VENTE

Du Lundi 17 Juin 1912

HOTEL DROUOT, SALLE N° 6

A 2 HEURES

※

Pour cause de départ de Monsieur H***

RICHE MOBILIER

ANCIEN ET DE STYLE

OBJETS D'ART

COMMISSAIRE-PRISEUR

Mᵉ ALBERT LE RICQUE

EXPERTS

MM. PAULME & B. LASQUIN Fils

CATALOGUE

DES

MEUBLES ET SIÈGES

ANCIENS ET MODERNES

*Salon, Salle à manger, Chambre à coucher, Bureau, Petites Tables
Bibliothèque, Consoles, Fauteuils, Bergères, etc.*

PIANO DEMI-QUEUE DE STEINWAY

FAIENCES ET PORCELAINES

Bronzes d'Art et d'Ameublement

GARNITURES DE CHEMINÉE, PENDULES, CANDÉLABRES, LUSTRES, LANTERNES
BUSTES, STATUETTES, ETC.

OBJETS VARIÉS

ARGENTERIE, SCULPTURES, SURTOUT, ETC.

TABLEAUX, DESSINS, ESTAMPES

TAPIS D'AUBUSSON ANCIENS ET MODERNES

Le tout appartenant à Monsieur H***

ET DONT LA VENTE POUR CAUSE DE DÉPART AURA LIEU

HOTEL DROUOT, SALLE N° 6

LE LUNDI 17 JUIN 1912

à deux heures

COMMISSAIRE-PRISEUR	EXPERTS
Me ALBERT LE RICQUE	**MM. PAULME & B. LASQUIN Fils**
51, rue du Rocher	10, r. Chauchat | 11, r. Grange-Batelière

PARIS

Chez lesquels se distribue le présent Catalogue

EXPOSITION PUBLIQUE

Le Dimanche 16 Juin 1912, salle n° 6, de 2 heures à 6 heures

CONDITIONS DE LA VENTE

Elle sera faite au comptant.

Les adjudicataires paieront *dix pour cent* en sus des en-
chères.

L'exposition mettant le public à même de se rendre
compte de l'état et de la nature des objets, aucune récla-
mation ne sera admise une fois l'adjudication prononcée.

Paris. — Imp. de l'Art, Cu. Berger, 41, rue de la Victoire.

DÉSIGNATION

TABLEAUX, DESSINS

ESTAMPES

1 à 10 — Sous ces numéros seront vendus des tableaux, dessins, gravures, anciens et modernes.

FAIENCES & PORCELAINES

11 — Petite corbeille et son plateau, décor simulant la vannerie, en terre de pipe émaillée.

12 — Soupière couverte et son plateau en ancienne faïence de Lorraine, décor de fleurs et rocailles.

13 — Paire de pots couverts en porcelaine émaillée bleu fouetté ; monture en bronze. Style Louis XV.

14 — Potiche en ancienne porcelaine de Chine, décor de médaillons sur fond carrelé. Base en bronze.

15 — Paire de potiches en porcelaine de Chine, décor bleu.

16 — Potiche couverte en porcelaine de Chine, décor
d'arbustes et lambrequins.

17 — Paire de potiches couvertes en ancienne faïence
de Delft, décor bleu.

18 — Statuette en biscuit de Copenhague, d'après
l'antique.

19 — Coupe à deux compartiments en ancienne
faïence.

20 — Deux vases-cornets-lancelles en porcelaine de
Chine, décor bleu.

21 — Quatre tabourets, forme tonnelet, en porcelaine de Chine décorée.

22 — Paire de vases en porcelaine de Paris et biscuit bleu, blanc et dorure. Décor de guirlandes
de fleurs en relief. Commencement du XIXe
siècle.

OBJETS VARIÉS

SCULPTURES, ARGENTERIE, ETC.

23 — Boîte à poudre en argent repoussé. Style
Louis XVI.

24 — Timbale, plateaux, porte-mouchettes avec
mouchettes, cendrier en métal argenté.

25 — Deux grands plats octogones en argent. Style
Empire.

26 — Rafraîchissoir ovale en métal émaillé au four.
Époque Empire.

27 — Paire de saucières, sur plateau adhérent, en
argent. Style Empire.

28 — Soupière et son plateau en métal argenté.
Style Empire.

29 — Deux légumiers, avec leur couvercle, en argent. Style Empire.

30 — Deux plats octogones en argent. Style Empire.

31 — Paire de flambeaux en métal argenté, modèle
à colonnette. Style Empire.

32 — Plateau de surtout ovale, avec cadre en bronze ciselé et fond de glace.

33 — Corbeille à papier, sur trois pieds en fer forgé.

34 — Ecritoire en marbre mouluré, garniture en métal argenté.

35 — Miniature ronde : Portrait d'homme. XVIIIe siècle.

36 — Poupée en bois sculpté peint et habillée, provenant d'une crèche italienne.

37 — Statuette d'amour en bronze, par ROUGELET.

38 — Statuette d'enfant nu, debout, tenant une palme, en pierre sculptée. Commencement du XVIIIe siècle.

39 — Animal en bois. Travail antique.

40 — Petit buste en terre cuite : Marie-Antoinette.

41 — Paire de vases simulés en marbre blanc, ornés de bronzes dorés. Style Louis XVI.

42 — Statuette de Vénus en terre cuite.

43 — Fragment de statuette égyptienne en granit.

44 — Deux petites statuettes de momies égyptiennes, en bois.

45 — Statuette en terre cuite, représentant une laveuse ; socle en bois peint.

46 — Deux médaillons ovales en bois sculpté, doré, ajouré, è fond de glace.

47 — Jardinière, faite d'un vase en bois sculpté peint et doré, sur gaine carrée. Style Louis XVI.

48 — Vasque ovale en bois.

49 — Paire de vases en cristal, montés en bronze, formant lampe électrique. Style Empire.

BRONZES

D'ART ET D'AMEUBLEMENT

50 — Pendule en bois de placage et bronze. Style
Louis XV.

51 — Pendule en biscuit blanc et bleu, ornée de
bronzes. Couronnement fait d'une statuette de
berger avec son chien. Époque Directoire.

52 — Pendule en bronze patiné et bronze doré, décor de guirlandes de laurier; socle en marbre
blanc, orné de bas-relief en bronze doré. Époque
Empire.

53 — Garniture de cheminée, comprenant une pendule et deux candélabres en bronze doré, Empire. La pendule faite d'un char que conduit
l'Amour. Les candélabres faits de statuettes de
génies.

54 — Horloge-applique, en forme de lyre, en bronze,
de style Louis XVI.

55 — Bronze, par Frémiet : Faune et petits ours.

56 — Statuette en bronze : Homme debout.

57 — Buste de Napoléon en bronze, sur socle en
marbre noir, orné d'un aigle en bronze doré.

58 — Paire de flambeaux en métal argenté, formant lampe électrique.

59 — Six paires de flambeaux en bronze patiné ou doré. Empire. Disposés pour l'électricité.

60 — Grands flambeaux électriques, composés d'une statuette en bronze patiné, sur socle en marbre et bronzes dorés.

61 — Flambeau, à deux lumières électriques, en bronze doré, formé d'une statuette d'amour au centre de cors de chasse.

62 — Deux lanternes en bronze et cristaux.

63 à 66 — Quatre lustres, disposés pour l'électricité, en bronze et bois doré.

67 — Paire de bras-appliques, à deux lumières, en bronze doré. Style Louis XVI.

68 — Quatre appliques, à une lumière électrique, en bronze ciselé doré. Style Louis XVI.

69 — Grand lustre en bronze et cristaux, de style Empire.

70 — Deux autres lustres en bronze. Disposés pour la lumière électrique.

71 — Lanterne ronde en bronze et cristaux.

72 — Flambeau de bouillotte, à trois lumières, abat-jour émaillé bleu. Style Empire.

73 — Deux grands candélabres, à cinq lumières, en bronze patiné et bronze doré. Style Empire.

74 — Paire de petites appliques, modèle à carquois, en bronze doré. Style Empire.

75 — Cassolette à trépied en bronze, formant lampe électrique. Style Empire.

SIÈGES

76 — Fauteuil de bureau, canné, en bois sculpté,
muni d'un coussin en cuir.

77 — Fauteuil en bois mouluré, garni et muni d'un
coussin en cuir.

78 — Deux bergères à joues en bois sculpté, garnies d'étoffe simulant la tapisserie.

79 — Chaise longue, en deux parties, en bois
sculpté et ciré, recouverte de satin broché. Style
Louis XVI.

80 — Tabouret X en bois sculpté doré. Style
Louis XVI.

81 — Grand fauteuil-bergère, en bois sculpté, peint,
partiellement doré, recouvert en velours frappé.
Style Directoire.

82 — Fauteuil, canné, en bois sculpté ciré. Style
Louis XVI.

83 — Quatre chaises à dossier-médaillon en bois
sculpté, ciré, garnies de satin broché. Style
Louis XVI.

84 — Deux banquettes, à dossier canné, en bois
sculpté, laqué, garnies de coussins en damas.
Style Louis XVI.

85 — Deux petites chaises en bois sculpté, dossier ajouré, garnies de damas vert.

86 — Douze chaises en acajou sculpté, décor de palmettes, coquillles, volutes, etc., d'époque et de style Directoire.

87 — Deux canapés de coin, pouvant faire pendants, en bois sculpté doré, recouverts de velours épinglé. Style Louis XVI.

88 — Banquette en bois sculpté doré, recouverte en tapisserie d'Aubusson. Style Louis XVI.

89 — Deux fauteuils et deux chaises en bois sculpté, ajouré, peint. Style Directoire.

90 — Banquette en bois sculpté, peint et doré, à deux accotoirs tête de cygne, recouverte en satin rouge, broché. Style Restauration.

91 — Deux chaises à dossier-médaillon en bois sculpté doré, style Louis XVI, munies de coussins.

92 — Grand canapé de coin, canné, en bois sculpté doré, style Louis XVI, garni de coussin.

93 — Banquette à deux accotoirs, cannée, en bois sculpté doré, munie d'un coussin. Style Louis XVI.

94 — Deux tabourets en bois sculpté ciré. Style Louis XVI.

95 — Deux bois de tabourets en bois sculpté doré. Style Louis XVI.

MEUBLES

96 — Deux vantaux de porte en fer forgé, à décor de rinceaux. xviie siècle.

97 — Deux autres vantaux de porte, forme de grille recouverte de feuillages en fer forgé. xviie siècle.

98 — Balustrade en bois sculpté.

99 — Petite table-toilette en bois de placage. xviiie siècle.

100 — Très grand bureau plat avec son cartonnier, de forme contournée, en bois de placage orné de bronzes. Style Louis XV.

101 — Table-rognon en marqueterie. Style Louis XV.

102 — Table à ouvrage, à pieds-colonnettes, en acajou, munie de deux tiroirs, ornée de bronzes.

103 — Petit secrétaire-chiffonnier en marqueterie de bois de couleurs. Style Louis XV.

104 — Grande armoire, à trois portes, en noyer. Style Louis XVI.

105 — Secrétaire droit en acajou, orné sur la face de trois panneaux en ancienne laque de Hollande, époque Louis XVI, garni de bronzes dorés rapportés.

106 — Commode analogue, faisant suite avec le meuble précédent.

107 — Gaine d'horloge en bois de placage.

108 — Gaine de baromètre en marqueterie de bois de couleur, ornée de bronzes.

109 — Porte-parapluie, canné, en bois peint. Style Louis XVI.

110 — Petit meuble à étagère, sur colonnettes, en acajou avec incrustation de filets et baguettes de cuivre. Style Louis XVI.

111 — Petite table-étagère avec crémaillère centrale porte-lampe. Elle est munie de trois plateaux. Style Louis XVI.

112 — Petite armoire basse, à deux portes vitrées, en acajou, ornée de cuivre. Dessus de marbre blanc. Époque Louis XVI.

113 — Petite table-étagère, à pieds cambrés. Style Louis XV.

114 — Casier à musique, corbeille à papier, et petite table servante en acajou.

115 — Guéridon rond à trépied, muni de deux tablettes en bois peint et doré. Dessus de marbre encastré. Style Louis XVI.

116 — Petite table rectangulaire en marqueterie de bois à cubes. Style Louis XVI.

117 — Petite table à cylindre en bois peint, partiellement doré. Style Louis XVI.

118 — Guéridon-support en bois sculpté ciré. Style Louis XVI.

119 — Guéridon-trépied en acajou, tablette en marbre blanc et galerie ajourée en cuivre. Style Louis XVI.

120 — Bibliothèque, à deux portes grillagées, en bois de rose et amarante. En partie Louis XVI.

121 — Table ovale en bois sculpté, décor de rinceaux, dessus de marbre. Style Louis XVI.

122 — Lit à une personne, à dossier ajouré, en bois sculpté peint, décor de cannelures et rosaces. Garniture de velours.

123 — Petite table-bureau en bois de placage, pieds cambrés. Style Louis XV.

124 — Console rectangulaire en bois sculpté peint
et doré. Style Louis XVI. Dessus de marbre.

125 — Table rectangulaire, à quatre faces, en bois
sculpté doré. Dessus de marbre blanc. Style
Louis XVI.

126 — Grande console, à doubles pieds-colonnettes,
en acajou, ornée de bronze, frise d'après l'antique. Fond de glace. Dessus de marbre.

127 — Gaine carrée d'applique en marbre mouluré.

128 — Lit à colonnes en bois sculpté ciré, il est
muni d'un dais et garni de damas. Style
Louis XVI.

129 — Deux porte-manteaux, avec glace, en bois
mouluré peint. Style Louis XVI.

130 — Quatre meubles à deux corps, la partie su-
périeure vitrée, la partie inférieure à porte, en
acajou, ornés de bronze. Style Empire.

131 — Deux gaines-supports carrées en bois sculpté
peint, ornées de cannelures et chapiteaux à volutes.

132 — Guéridon en bois sculpté doré, composé de
sept pièces rayonnantes. Dessus de glace. Style
Louis XVI.

133 — Grande table de salle à manger en acajou, avec allonges, ornée de bronzes. Style Louis XVI.

134 — Autre grande table ronde en acajou, garnie à la ceinture de bas-reliefs, genre antique, en bronze doré.

135 — Quatre fauteuils et six chaises en acajou, garnis de cuivre, à sujets de bas-relief d'après l'antique.

136 — Deux petites banquettes en acajou forme X, ornées de bronze. Style Empire.

137 — Lit de repos en acajou, orné de bronzes, garni de satin. En partie Empire.

138 — Petite table à étagère en acajou, munie de deux tablettes en marbre blanc.

139 — Deux gaines carrées en acajou, ornées de bronze doré. Style Empire.

140 — Comptoir en bois et incrustation de marqueterie à rinceaux et palmettes. Dessus de marbre. Époque Restauration.

141 — Deux bacs à fleurs en bois, décorés au vernis.

142 — Paravent à quatre feuilles en bois et pâte, doré, garni de soie. Style Empire.

143 — Deux vantaux de porte en bois sculpté ajouré, fond de glace, et panneaux peints en décoration.

144 — Très petits paravents à trois feuilles en acajou, garnis de soie.

145 — Guéridon à deux plateaux, sur trépied, en
acajou, et galerie ajourée en cuivre.

146 — Glace dans un cadre en bois sculpté.

147 — Deux tables de nuit, forme fûts sur trois
pieds, en marqueterie de bois.

148 — Deux vantaux de porte en fer forgé, à décor
d'entrelacs.

149 — Piano demi-queue, de STEINWAY.

150 — Tapis d'Aubusson, anciens et modernes.

151 — Objets omis.

www.ingramcontent.com/pod-product-compliance
Lightning Source LLC
LaVergne TN
LVHW021904180726
843502LV00008B/2862